夏草を刈る

横田益代歌集

青磁社

夏草を刈る＊目次

第一章

横田益代歌集

夏草を刈る

第一章

去る子戻る子

むら雲の広ごる空のあわいより待ち侘びし春の光が届く

ふる里を去る子戻る子こもごもに慌しく過ぐ今年の春は

末の子の大学決まりしわが家に学業終えたる娘が帰る

長男の成人祝う夫《つま》の目のいつしか細り亡き舅《ちち》に似る

新卒の初の教壇いかにやと帰りのおそき娘待ちおり

稲作に厳しき波の寄するとも夫と籾まく桜散る田に

季くれば姑の好みしえびね蘭庭の樹下にひっそりと咲く

せわしなく田植なしいる夫の背によみがえりくる在りし日の舅

あわき山月

また一つ里の明かりの消えゆきて子の住む町へ越す人のあり

家も田も処分したると老校長問わず語りす転居の朝に

子のくれし六畳一間が吾の城と呟くごとき老いのひと言

ふるさとを夜ごと想うと語りいし老爺の噂も聞かずなりたり

畑中に出できし赤きビー玉によみがえり来る吾子の幼日

子らが皆寄りて過ごしし夏休みそれぞれ去りて秋風の吹く

「寂しさのはてなん国」と詠まれたる峡を照らせるあわき山月

一　命

癌告知されたる夫が淡々と病状つげくるわれの職場に

入院する夫を残して去る町の車窓に遠く灯りがうるむ

子もわれも夫の病にこれからの生き方思い無口になりぬ

手術室のドア閉められて今生の別れのように姉が言いたり

一命を取り止め得たり退院の夫の笑顔は替えがたきもの

今こそはわれの出番と田や畑の草刈りなすも心かろやか

濃き淡き緑の中をひさびさに夫とドライブ心うきたつ

逢うたびに百歳まで生きると言う祖母の節高き手をそっと撫でみる

床に伏す祖母のか細き手をとりて春のきたるを告ぐる兄嫁

百近き祖母を看取れる老い母の一筋なればわが胸いたむ

若くして夫をなくしし九十八歳の祖母安らかに生涯をとず

師走の風

廃業を告ぐる看板読む人の係わり無げな声の明るさ

店じまい半額セールの張り紙の手書きの文字が風に煽らる

九十年の歴史を閉ずと書かれいて老いたる店主の胸裡おもう

われ先に掘り出し物を貪りて得した顔の主婦が町ゆく

折りめ無き二千円札差し出せば誤作動しそうな靴屋のあるじ

銀行の自動ドアーの開く間も足踏みして待つ師走の客は

この年を表わす一字は「倒」という誰もが頷く平成九年

托鉢の御坊の鉦の澄みわたり長く尾を引く師走の町に

村人はみな

辻堂の改築作業に汗ぬぐう村人はみな生き生きとして

街道も茶店もありしこの辻の古き石仏当時を語る

刻まれし石仏の文字年を経て解読談議に花咲かせおり

猪の親子捕らわるる傍らに屠殺ナイフのぶきみに光る

七匹の瓜坊は親の後を追い訳も分からず柵内駆ける

乳飲み子の瓜坊前に村人は親の処分をしばしためらう

目の前で母殺されし瓜坊は身を寄せ合いて吾らを見つむ

瓜坊を柵に残して帰る道山紫陽花のいろ淡く咲く

改築

真夏日に家中の布団みな干して吹き出る汗を鏡に覗く

言葉少なく戻りし娘と立つ庭にほの明かりする石蕗の花

住み慣れたるわが家なれば建て替えを思いとどまり改築決める

嫁ぎきて姑と立ちたる厨辺の暮らし染みおり三十余年の

ガラス戸の子らの落書き消えぬまま戸は外されて運ばれゆけり

予想より見事に仕上がりし改築を日毎眺めて勤めに向かう

贈られし各地の湯の華溶かす風呂きのう草津に今日登別

田舎ぐらし

唐突にあかときの夢破りたる雉ひと声の後の静けさ

田舎ぐらしを満喫していると旧き友へ文書き終えてなにか空しき

供花を手に石段のぼる春彼岸かろき木魚の音の聞こえ来

修士論文に父母に感謝の添え書きあり末の息子のいよよ旅立つ

春雷の鳴りつぐ夕べを帰宅せし娘《こ》は嬉々として転勤を告ぐ

食卓に子が好きというガーベラを数多かざりて帰る日を待つ

声高く終日鳴けるヨシキリの恋叶いしや草生静もる

覗き見るインターネットの検索に慣れぬクリック逃げる矢印

蛍ぶくろポンと鳴らして野道ゆく頬に冷たき朝霧の中

今日聞きし法話をかたる夫の顔おだやかにして僧侶めきたり

竹藪の風にさやぐと思いしに子猿一匹見え隠れする

石段を振り返りつつ子猿行くわが丹精の茄子をくわえて

菩提寺の鬼瓦背に茄子を食むはぐれ子猿に声をかけやる

萌黄に光る

空洞を幹に抱きてこの年もひたすら咲ける桜の老樹

廃屋の庭に咲きたる白木蓮に夕光《ゆうかげ》さして妖気ただよう

そそり立つ杉の木立に囲まれて萌黄に光る古寺の屋根　（三尾寺）

由緒ある古寺ならん草屋根に杉苔萌えて息づく起伏

密教の道場なりし本堂に裸電球にぶく点れる

古寺に風無く音なく人気なく杉の老樹が時間を止める

岐阜駅に

三年を岐阜に過ごしし若き日の思い出顕たせて長良川流る

遠縁の叔母をたよりに岐阜駅にひとり降りしは十八歳《じゅうはち》の冬

長良川を渡る電車の窓に見る夕日は四十年前の光《か》失わず

長良川に岐阜城郭を仰ぐとき同期入社の友の名浮かぶ

岐阜大会の出会い温め帰り来ぬ栗の花咲く山ふところに

永平寺

小雪舞う越前海岸の鷗二羽わが乗る車と速度を競う

奥能登の鄙びし町に輪島塗のぐいのみ二つを家苞《いえづと》にする

雪しまく能登に北さす風見鶏風に追われてかの地を去りぬ

しんしんと降りつぐ雪にそそり立つ杉の大樹が永平寺守る

参道の雄々しき杉は苔むして樹下に立てる吾の小ささ

野火あかあかと

暮れなずむ棚田に野火のあかあかと今年の農の始まりを告ぐ

担い手なき田の面《も》に揺るる枯尾花ぼうぼうとして耕作はばむ

野焼きする荒田の炎が天をつき神の怒りかめらめらと立つ

復旧田となして水張る田の畦に塒追われし雉の雄雌

ひさびさに水湛えたる休耕田悠然として山影うつす

農業は継がぬと言いつつ連休となれば田植に子らは帰り来

田植機をあやつる息子のたどたどし苗の蛇行を口には出さず

土の上を這いずりまわり補植する山田の寒き風に吹かれて

朝なさな植田巡りて出勤する夫のくれたる野苺ふたつ

水不足を懸念し夫は天気図を何度も見直す今朝のテレビに

ため池の改修工事に予算無く日照りの夏のいらだち募る

蟋蟀の鳴くに混じりて遠く聞く水揚げポンプのエンジンの音

かんばつに網の目のごとひび割れたる青田の畦に夕焼け見上ぐ

たっぷりと水を湛うる田の脇にひび割れ深きわが田圃あり

水泥棒の声を恐れて術もなく稲なだめつつ青田を巡る

立ち話は田の水不足　八十歳の農婦ぽつりと百姓は嫌だ

ひとつ聞きふたつ聞きたる雨音を両手ひろげてさらに確かむ

産着を着せる

モーニングを試着する夫はにかみて婚近き息子《こ》と鏡に見入る

純白かオフホワイトかとドレス選る若き二人は頬を寄せ合い

わが家に嫁を迎えて厨辺は頓に明るき今年の正月

けんめいに味噌汁つくる子の妻のうしろ姿を心におがむ

背景は千鳥が淵の桜ですと臨月近き嫁の写メール

初孫にまみえんとして渡り行く瀬戸大橋のことさら長し　（嫁の里へ）

手触るれば壊れそうなる嬰児に声を掛けつつ産着を着せる

息つめてシャッターを押す夫の辺にピクリと動く幼きこぶし

こわごわと嬰児抱く吾子の面に父となりたる覚悟が覗く

帰りゆく孫ら見送る午後の二時テレビは報ず酷暑の東京

座布団の舞

触れ太鼓に力士幟のはためきていよいよ深し福岡の空

呼び出しの声をひたすら待つ力士の紅潮しゆくを砂被りより見る

呼び出さるる力士の結える大銀杏の鬢付け油の甘き香りよ

二度三度仕切りなおしを重ねたる力士の呼吸は獣めきゆく

楽日前に優勝決めたるモンゴルの力士を称うる座布団の舞

葬りの庭に

去年《こぞ》の秋あなたが詠みし酔芙蓉あるじ探すか葬りの庭に

もの言わぬあなたの柩まえにして白き芙蓉はただに揺れいる

「前向きなあなたが好き」と告げたるは凌霄花《のうぜんかずら》咲く君の庭先

明光院と名付けられたる戒名につぎつぎ浮かぶ笑顔のあなた

裏山に群れなす鴉の鳴く声に君偲びつつ落穂を拾う

さわさわと蒲の葉ゆらす秋風の通り過ぎゆく空ろな裡を

ほろ酔いの母

兄嫁の贈りし薔薇の鉢植えに日毎水やる一人居の母

田に畑に家を守りきて幾年の母がかたえに兄帰り来る

四十年ぶり兄と訪いたる栗山に銀の芒穂手まねきをする

草の実の纏わりつけるを背に回り耄りてくるる兄も老いたり

山の辺に獣道らし貴船菊の踏みしだかれて散れる花びら

痛む足ひきずり歩む母の辺に歩幅あわせて実家の道ゆく

兄の注ぐ濁れる酒に目を細め昔語りするほろ酔いの母

敬老の日に

両親を看取る苦労の様々を放映している敬老の日に

待ち待ちて敬老会の近づけば洋服選びに余念なき母

集い合い夜ごと稽古の銭太鼓目にしむ汗の流るるままに

銭太鼓持つ手に汗を滲ませて敬老会にわが出番待つ

米寿なる母に見せんとバンダナをきりりと締めて銭太鼓とる

台風すぎて

夜の更けの雨戸を揺らす風の音稲の雄しべの散らぬか案ず

台風のニュース聞きつつ夫を待つ「九州上陸　暴風圏内」

荒れ狂う海思わせて実り田は魔物すめるか生き物めける

降りつづく雨に刈り取り出来ぬまま稲は倒れて季の移ろう

台風になぎ倒されし稲の穂に新芽の出でて田の面の青し

術もなく焼き払おうかと見やる田に伏せたる稲の悲鳴の聴こゆ

いち早く稲刈り終えたる安らぎに夫は隈なくコンバイン洗う

大型の台風すぎて澄みわたる空に祭りの鉦の音ひびく

田の畔の野火とも紛う草もみじ沈む夕日に朱く地を這う

日の落ちて人恋しさの募るころ残光映ゆる山の頂

恋一つ無くせるドラマ夫と観る互いの過去に触るることなく

取り留めて話すことなく更くる夜に夫の爪切る音の飛び散る

ひらひらと睦みあいつつ黄の蝶は小春日和の空へとけゆく

一夜さに諸葉落とせる木蓮の天空さして新芽の光る

長き冬くる

雪虫の飛ぶ山峡の秋祭り綿菓子売りも背を丸めて

憂鬱の元を探せば他愛なき事と見上ぐる鈍色の空

紅葉を愛で来る客に酒饅頭売りさばききて今日は千箱

蒸したての酒饅頭に籠りたる遠き日の味ふるさとの味

仕損じを許さぬ老舗の味を継ぐ工場長の白髪ふえたり

陽に映えて紅鮮やかなもみじ橋帝釈峡の被写体となる

自己主張なして色染む赤や黄に湧き立つ木々が峡を賑わす

水澄める神龍湖面に金色の落葉散らして北風の過ぐ

紅葉の盛りにふぶく初雪にみやげもの屋の主の溜息

散り急ぐ紅葉惜しまるる山峡のみやげ物屋に長き冬くる

熊除けの鈴を鳴らして下校する遍路のごとき子らの一団

みやげ売る棚に散りたるもみじ葉を拾いて今日の出店を終う

夫はまだ遅くなるらし短日を月光《つきかげ》たよりに鍵穴さがす

独り居の母思わるる寒き夜不意に聞こゆる救急車の音

叔父の呟き

手の甲の皺の多さに来し方を想いて叔父に熱き茶淹れる

仏前に背中丸めて手を合わす叔父の姿の小さくなりぬ

酔う度に戦争語る叔父にしてハンカチ差し出す叔母は今無く

妻子連れ三十八度線越えし叔父わずかの酒に居眠り始む

来年の桜の花も愛でたしと九十歳の叔父の呟く

咲ききれぬ危うさもちて霜月の薔薇の莟があおぐ冬空

出雲路

あたふたと逃げる野うさぎ追いかけて春一番が新聞とばす

冬芽抱く雑木林の赤むらさき雲居にとどく生きの確かさ

反り返る出雲大社の大屋根は空へ伸びたる千木に華やぐ

蛇行する斐伊川沿いをバスに揺れ大蛇神話に思い巡らす

斐伊川の堰にいならぶ白鳥の群れは身がまえる風上向きて

いちはやく出雲路に咲く菜の花の黄を震わせて粉雪のふる

風除けの松を切り裂く風の音出雲平野に春まだ遠し

見栄を交えて

還暦を迎えて集う同窓会すこし気取りてイヤリング揺らす

いささかの見栄を交えて四十年の来し方明かす幼なじみに

初恋は誰かと問わるる同窓会「時効だよね」と秘めごとあかす

小一の集合写真はあどけなしあどけなけれど戦後が匂う

おしゃれ染めに華やぐ女性と肩を組む初老の男の白髪目につく

「ああ上野駅」を君が歌えば曲に乗り思い思いにステップを踏む

幹事役となりて友らを送るとき故郷まもる思い新たに

子の目には

婿にきて慣れぬ農事に明け暮れし父の姿の今も目にあり

自らの思想持ちしか時惜しみ新聞読み継ぐ父の横顔

出稼ぎの父が孫へと買いて来し羽子板布の色の褪せたり

次の世に如何におわすや子の目には幸せ薄き父と映りき

ありがとうの仕草覚えし幼子を囲む夕べに迎え火点る

仲良しになれないままに帰りたる孫の動画の声に安らぐ

未練

念入りに身なり整え出勤の玄関に立つ　今日は引き継ぎ

後任者迎うる朝《あした》こもごもの思い断ち切り私物をまとむ

定年を過ぎて一年後任の決まらぬ机に未練が募る

二十余年常にやさしき机なり引き出しの奥ていねいに拭く

この日よりわれの机は無くなりぬ指導監督の言葉よけれど

平成の大合併にわが町も「新見市」となる三月末日

財政難を抱えし町の合併に絵空事言う議員候補者

マイクもち候補者推して行く道に牧場の牛がよりて尾を振る

散る桜のこる桜と振り分けて市議選終えたる峡は鎮もる

わたりくる風に葉末をそよがせてわが田の稲は律儀に育つ

第二章

隣の子猫

もう来ぬと思いし燕の巣作りがたった一つの今日の良きこと

一人去りひとり去りして子らの居ぬ庭を燕がしきり飛び交う

電線の四羽の燕はうちの子かおぼつかなげに重心をとる

離れ住む子の身案ずる食卓に茗荷ほんのり香りをたたす

尾を巻ける生れて三月の犬の子は夫との会話に聴き耳たてる

目を細め媚びいる声でこすりつくひとりぼっちの隣の子猫

蝶の影追いつつ自転する子猫傍《かたえ》にコスモスくすくす笑う

近き日に避妊手術を受くると言う赤い首輪の子猫抱きあぐ

少子化を案ずる村を四匹の子を従えて野良猫とおる

そよ風に舞いあがりたる蒲公英の綿毛は光り谷を越えゆく

生き抜く

梅雨ぐもる瀬戸内海の波静か大久野島の赤き桟橋

戦時下に地図より消され毒ガスを造りし島に錨をおろす

遠き記憶消し去る如く風ゆらす夾竹桃の深き桃色

止《とど》まるを知らぬ地球の温暖化稲を刈る背に焼きつく痛み

絞るほど汗の浸みたる鉢巻を夫巻き直しコンバインに乗る

三割も減反せよとの指示に泣く稲作農家を継ぐ者の無し

米の値の下がり続ける過疎の地に新型農機が警笛鳴らす

夕日背に長く伸びたるシルエット鎌を持つ手は蟷螂まねる

夫の刈るコンバインの音聞きながら花野に憩うほんのひととき

刈り小田に生き抜く物の姿あり嘴太が追うトノサマガエル

ホシを追う刑事のごとき鬼ヤンマ目を光らせて部屋巡りゆく

野火の煙避けて振り向く目の前に一筋光る鬼蜘蛛の糸

絆

心より歌友迎えんと勇みたつ備中訛りがロビーを走る

こもごもの思いはあれど全国大会の看板を背に並びて写る

二十余年なじみし歌会「堅香子」の支部名改む　明日は立春

「堅香子」の歌会にゆかりの三十人共に励みし日を語り合う

是非もなく支部の名変えるを節目とし哲西歌会の絆ふかめん

寄る辺なき旅に出で行く思いせり「哲西支部」は今動き出す

ここにも春が

2が五つ並ぶ日付の手紙出す今日は娘の誕生日です

犬の餌の器の氷薄らいで農事暦をめくる春風

段飾りのおひなさま娘《こ》に買えざりき桃の節句が来るたび思う

未だ子を持たざる娘を思いつつショーウィンドウの雛《ひいな》を覗く

夢だけは捨てていませんこの年も桜の古木に莟ふくらむ

改修を終えたる裏のため池は水を湛えて春の陽返す

やぶ椿の咲くが映れる池の上を角度巧みに鶺鴒わたる

離れ住む未だ独りの子を思い土手に土筆をひとつ摘みたり

柔らかき調べ奏でて流れゆく池水は清く土手の樋くぐり

鳴き交わす鶯の声真似てみる吾の忘れし愛のささやき

しらしらと遅れて咲ける山桜池の水面に光り揺れいる

はばからずしわがれ声で騒ぎ合う三羽の鴉　ここにも春が

繋ぎたる手をはねのけて幼子は初めて見たる蛇の子を追う

嫌われて一生を送るくちなわに無邪気な孫は瞳きらきら

薄き紅さす

事切れて手足冷えゆく母の背にわずか残れる温みを惜しむ

むしる程もがきていしか釦二つ逝きたる母のベッドに拾う

息絶えし母の傍に兄を待つ　思えば長き母の独り居

こんなにも美しかりしか母の面冷《おも》たき口に薄き紅さす

九十二歳の誕生会の母の顔遺影となりて永遠に微笑む

赤きネクタイ

右半身麻痺せし夫を病室に残して帰る最終電車

リハビリに出でたる夫の病室に左手書きの「忍耐」の文字

六十歳を過ぎて歩行の練習か呟きながらリハビリする夫

「よしっ」と掛け声発し立つ夫気分ばかりを寂しく笑う

営業用に使い慣れしか夫の笑み本音明かせず患者の今も

何気なく生き来し日々のありがたく今日より夫の手足とならん

病む夫の加わる筈の秋祭り行列の鉦通り過ぎゆく

「指先が少し動いた」定刻の夫の電話の声は明るし

病院へ通うも今日で終わりなり三光山に初雪の降る

二ヶ月半夫と見て来し皇帝ダリヤ退院祝うか背伸びして咲く

たわやすく受け入れ難き脳梗塞　夫が佇む農機具倉庫

ひさびさの夫の寝息は子守唄何はともあれ今宵ねむらん

麻痺残る夫と歩める峡のみち椿の莟わずか色もつ

せわしなき性もつ夫の前屈みに歩く姿はもう見られない

療養中の夫が決めたる初出勤　赤きネクタイ二人で結ぶ

重たげな羽音たてて谷渡る雛を見ており着地するまで

あいまいに笑む

入院する吾の症状こまごまと問診票に夫書きくれぬ

我が病めばひとり厨で米を研ぐ夫を思えり待合室に

「貴方より私が先に老いるなんて」三十本めの点滴みつむ

連れ立ちて見舞える友ら帰りゆき空ばかりなる窓の外ながむ

突発性難聴の耳は蚊帳のそと声を殺してうなずく友ら

嬉しげな友らの会話交差して合槌うてずあいまいに笑む

一年を迎えし吾の左耳機能忘れて蟬を棲まわす

海のはなし

手触るれば転びて落つる天道虫むしには虫の策のあるらし

忙しげに砂利敷く庭を這いまわる毛虫見ている五月晴れの日

確かめて確かめ登る蝸牛木の天辺はまだまだ遠い

又しても車庫に出でたる沢蟹に海の話を聞かせて放す

垂直の壁を一途に這い上がるもう迷わぬと決めたる毛虫

ぼうたんの花に居座る雨蛙「へ」の字の口がわれにもの言う

命がけで卵を守る雉子の母草刈機の音近づけてもなお

ドラマ残して

干涸びて畑に転がる大ミミズ原爆投下の記念日近し

餌を持たず巣に戻り来る親燕五羽のいのちを見つめるばかり

猛暑日の続くこの夏虫たちも生きられず燕は食糧難か

飛び立てと祈りてもまだ早すぎる嘴まだまだ黄色い雛ら

今朝も又落ちて動かぬ子燕を白木蓮の下に埋めやる

生き延びたる最後の一羽懸命に羽ばたく姿見せて飛び立つ

炎がおどる

嫁ぎ来て二度目となりし祭りの当屋四十年の歳月ながれ

天照皇大神という軸かけて父母のされしをたぐり準備す

おちどなく神迎えんと息子らが夫の指図に右往左往す

神官が身を乗り出して振る御幣に触るれば還る若き嫁の日

少子化で女子も加わる頭打ち装束りりしく大太鼓打つ

頭取の鉦を合図にわが家発つ行列見送る今日は秋晴れ

長男も次男も舞いし境内の銀杏伐られて風とおり過ぐ

神仏に願い通じし吾子なるかはにかみながら懐妊明かす

遅き婚に望めぬ孫かと三年を触れず過ぎ来し　娘といえど

寒桜の咲きそむる頃出産と娘はエコーの胎児を見つむ

ふやふやの顔して生れたる嬰児を抱く婿どのの瞳の深し

娘らがわが子へ最初のプレゼント成長願い名付けしは「昂《こう》」

嫁しし子が百点満点の春ですと産土参りのメールをよこす

感謝こめ灯して回る神棚の炎が踊る　炎がおどる

都会の鴉

生きるため舗道に餌を探しいる羽の汚れた都会の鴉

大根を畑にけ散らす群れガラス子供手当の支給はまだか

メガネ屋のメの字はとうに色あせて店主が語る閉店の時期

意外にも大き鮨ネタ寒鰤の一皿九〇円　小さき幸せ

被災地は雪

忘れいし山芍薬に芽の出でぬ東日本の被災地は雪

明るさと便利さに慣れきし吾らなりされど原発の無用論沸く

配給のおにぎり一個を分かちあう被災地の人が生きると言う事

原発の是非を問いいるアンケート息子の会社に嵐は吹くか

高そらに幹線支線を巡らせて辛夷の大樹蕾ふくらむ

初体験

道の駅で野菜売るため出品のきまりを習う初体験なり

手始めに黒豆十袋売りに出す取っときなれど安き値をつけ

売れるもの無きかと見回る私の畑にサンチュが食べ頃となる

嫁に出す親の気持ちで丁寧に袋詰めする　サンチュの出荷

リアルタイムで売上知らす携帯に「今日の売上三〇〇円」と

二千年の歴史持つという真桑瓜の種が店先に売られておりぬ

種袋振ればサクサク音たててマクワ金太郎播かるるを待つ

三粒ずつ数えて瓜の種を播くその指先が母に似てきぬ

一面に蔓ののびたる瓜畑に星の形の黄の花咲けり

初なりの瓜が葉蔭に顔を出す窺うようにはにかむように

素朴なる味を継ぎきし真桑瓜食みつつ語る夫も農の子

葵の蕾

傘さして植田の畔を巡りゆく　早苗の緑たてよこ斜め

不器用なままに越えゆく六十代　柴犬ルルが凛々しく添いて

覚悟持ち暮らしてゆかん盛り過ぎ雨に打たるる芍薬の花

鎌を持ち殺陣の真似して梅雨空にバッサリと切る雨後の筍

天辺まで咲けば梅雨明け近いという立葵に蕾ひとつ残れり

野の道に白く群れ咲くつめ草に貝の名を持つ青き蝶とまる

草むらの青き光に飼い犬がそろり手を出す　蛍見つけて

手相見の「めげない性」という占いを信じひたすら体動かす

週末に帰り来る子を待ちながら稲作つづける　夫病みおれど

夫のため子のため老いては居られないエンジン全開夏草を刈る

放射能汚染の農家思いつつ出穂ま近き稲田を巡る

わが家の明かり

見はるかす春の彼岸の夕まぐれま一文字に野火が地を這う

夕空に柿の大樹は黒ぐろと物の怪めきて立ち上がりくる

はだか木の伸び放題の山峡をわたし一人の一輌気動車

吠えたてる犬を見下ろす野良猫に軍配あげて風吹き抜ける

雪の面を仄かに照らす街灯の届かぬ先にわが家の明かり

「ワンワン」がようやく言える幼児《おさなご》の開く右手に淡雪の痕

紅梅の三つ四つ咲く里の家「田舎ぐらし」と独り住む兄

夜ごとふる雨に予定のたたぬまま馬鈴薯の種芋庭にころがる

あぜ道

鯉のぼりの鱗のような波たたせ四月の風が田の面《も》を渡る

うつむきて草を刈りゆく後ろから春風小僧が帽子を飛ばす

この風が止まねば田植にならぬかも温室育ちの早苗が震う

特大の鯉のぼりあげ自慢せし父を思えり母を思えり

濯ぎもの大きく揺らす今日の風小米桜を白く散らして

鍬かつぎ植田の畦をめぐるとき農家の主の顔となりゆく

未だかつて見しことのなき青味泥ぶ厚き壁に田ごとを被う

帰り来し夫と語らう散歩道「藻」の原因や圃場の整備

週末に電話かけくる孫ゆいこ「友だちできた」一年生です

病に負けず

こんなにも元気ですよと丘の上にひたすら咲ける梨の白花

つたかずら伐りいる夫が梨の木を仰ぎつつ言う「元気になれよ」

満開の山梨見上げしんみりと「病に負けず」夫のつぶやく

完治することの望めぬ麻痺を持つ夫が「走ってみるか」と笑う

〃静かなる愛〃という梨の花言葉散りてま白き花のそのあと

青くさの伸びたる丘の梨の木に親指ほどの青き実のなる

片方の腕無くしたる蟷螂が丸太越えんと幾度もいどむ

友らより早まる老いか血流の測定結果にため息もれる

自らを省みながら何時しらにサプリの効能真剣に聞く

義捐金箱

コンバインに寄りくる数多の秋茜護衛するごと皆前を向く

刈り残る稲田をたたく雨音を知るや知らずや夫は眠れる

悲しみにくるる人らを見て来しやお羽黒蜻蛉めぐりさ迷う

千本の玉葱苗を植えにつつ土壌汚染の彼の地を想う

窓枠に喉ふるわせる雨蛙早くお帰り寒くなるから

せわしなく人ら行きかうスーパーの隅にぽつりと義捐金箱

風に乗せこの香届けん被災地にどこの庭にも木犀匂う

庭の万両

夫と吾と犬と日課の散歩道日のある今日は踏切わたる

栢槙の高き枝垂れを貫いて咲く真紅の薔薇悲しみの色

立烏帽子かぶりしままの神主が師走の町を駆け抜けてゆく

病める身をこぼさぬ夫と三度目の正月祝う孫囲みつつ

ようやくに馴染みし庭の万両か今年数多の赤き実つける

とうとうと人生百年語りいる樋口恵子のイヤリング光る

四世代同居の姉はしゅうとめに「嫁」と呼ばれて四十九年

そのうちにしっぺ返しが来るかしら夫と二人の気儘な暮らし

歌の友一人増えたる夜の更けを賜びたる歌集のページを捲る

独り遠く住む子を想う寒の夜の寝息おだしき夫の横顔

利鎌の月

古びたる峡の小宮の仮遷宮を弓張り月がほのかに照らす

病む夫の名代として務めおり宮司親子の指示に従い

平生はお目にかかれぬご神体の木彫りの像の荒き刃の痕

願い主に祖《おや》の名前も記されし板目の埃ていねいに拭く

わが夫が二十五代と聞きおよぶ遠つ世人の暮らし想わる

境内の電灯消され音ひとつ届かぬ闇に待つ間の長し

冴えかえる鎮守の森のひとところ「うおー」の声に神の降臨

足元より冷えの増し来る境内に松明の明かり三つ四つともさる

仮遷宮を終えて深夜の帰りみち利鎌のような月が傾く

一員となる

病む夫の優しき言葉に背を押されいよよ旅立つ箱根の山に

六年ぶりの参加となりし大会か覚えていますの声に救わる

オーバーに再会喜ぶ宴会場のいつしかわれも一員となる

朝風呂を浴びたる人らが真剣に鏡を覗き眉引きはじむ

世界遺産となりしばかりの富士山にまみえず帰る下りの列車

婆ちゃんにやっとなれると妹がぽつりと明かすはにかみながら

臨月を迎えしように反り返り畑よりスイカを抱えて帰る

うからに「幸」と呼ばれし妹に孫が生まれるもうすぐ九月

孫の誕生告ぐる無口な妹の電話の声が受話器飛び出す

みどり児という言葉の原を思いつつ山襞ぬいて児に逢いに行く

蛇の寝莫蓙

ひさびさに石見銀山訪いぬ世界遺産となりて七年

頂上の光り耀く「仙ノ山」遠つ世の民銀とは知らず

銀山の主峰誇れる仙ノ山が葦の穂群の遠景となる

屍を捨てし谷間の千人壺語りべの口閉ざす雪ぐも

風格のおもおもとして老い桜代官所跡を今も譲らず

蛇ぜめの刑に処ししか「蛇倉」の地名に息のむ山畑あたり

一歩一歩踏みしめながら死にゆきし人の刹那よ刑場への道

蛇倉も刑場跡も消されいる地図を片手に世界遺産めぐる

「熊に注意」「蝮に注意」の立て札の脇に転がる墓石の数

行く道に銀を好むという羊歯の「蛇の寝茣蓙」が青く茂れる

黄泉の国へつながる道かと見紛うは神社につづく直ぐなる石段

目に高き城址あおげば水断ちの戦法に屈せし尼子思わる

説明に耳そばだてる　夫の祖は尼子勢らしと聞けばなおさら

含有率五・四%なりという銀の純度に夫は深くうなずく

銀山に金屋子神の社あり刀鍛冶祖よりのわが家も祀る

ヘビノネゴザの覆う傾りに闇の世へ風と誘う間歩の入り口

削岩機を扱う夫は坑道の手ノミの痕にそっと触れおり

背を丸め鉱石背負う坑夫らの息の気配が遠くに聴こゆ

外つ国へ多く出でしと聞く銀の謎を秘めたる鉱坑冥《くら》し

名にし負う銀山奉行の在りし日よ大久保長安の墓は苔むす

バス停のまあるいポストの鍵をとく集配人の目もと清けし

電柱の無きに気づけりこの町を往時行き交いし人らを偲ぶ

閉店をせしと老女が呟きぬ賑わい見せしかつての蕎麦屋

客足の少なさ影を落とす町辻の竹筒に花は枯れいる

列をなし蕎麦啜りたる日は遠し世界遺産に沸きしかの日々

世界遺産となりて七年冬の日の人影まばらな銀山の町

銀山で賑わいし町世界遺産に再び賑わいまた寂れるか

銀山の良きことのみを告ぐるごと銀山川の水透きとおる

ジパングの賑わい見せし銀山に観音の霊像今も祀らる

仙ノ山に雪降りおらんかわが町の三光山に薄ら雪降る

発動機

変わりゆく農の暮らしを見つめきし夫の自慢のこの発動機

五年ぶりに担ぎ出したる発動機ＴＰＰの騒ぎを知らず

時雨ふる予報に朝から豆こなす右手に麻痺の残れる夫と

発動機をかけんと夫の指示通り片膝ついてハンドルまわす

圧縮を抜いて回して四度目に爆音高くエンジンかかる

回転するドラムが豆を弾きゆく乾き足りない莢は丸ごと

止まらないで止まらないでと発動機に声掛けながら豆を弾かす

古りてなお働きくれし発動機しぐれの中を豆こなし終う

選りかけの五斗の大豆を包み置くブルーシートを照らす満月

月の夜を遊び疲れて眠る犬かたえに赤きゴム鞠ひとつ

商談

朝ごとに呪文唱えて夫おくる夫とわれとの秘密の呪文

信仰の厚き浪花の賢者より呪文おそわり四十余年

帰りゆく子らの車を送るときも呪文三回こころで唱う

できること又も増えたと脳梗塞の夫がズボンのボタンを付ける

麻痺の身を押して出張する夫が今朝念入りに仏壇おがむ

三日間夫が出張する朝《あした》ケータイ忘れているに気づけり

ユーザーと東京駅で逢うと言う大事な大事な携帯電話

ストーブ消し鍵も掛けずに夫を追う信号待ちで追い付けるかと

新見駅の構内走り夫さがす携帯電話を持たざる不安

携帯で夫が結果を知らせ来る「商談整う今朝ありがとう」

時を愛しむ

山山の桜愛でつつ伊勢参りうかれうかれてバスに揺られる

めぐりみな高齢者なり目印のピンクのリボンがわれら五号車

麻痺のこる夫の歩みを待ちくれる人の温みを見下ろす桜

遅れじと歩幅大きく歩む夫若きガイドの旗を目指して

産土の親神様の遷宮に夫と並びて頭を垂れる

振り返れば夫には長き道ならん病みて五年の時を愛しむ

跋

五十嵐　順子

幾山河こえさりゆかばさびしさのはてなむ国ぞけふも旅ゆく

岡山県新見市の方々にとって、若山牧水のこの歌ほど親しみのある歌はないのではないでしょうか。牧水は早稲田大学の学生だった二十二歳の頃、宮崎県に帰省の途中中国地方を旅し、新見市哲西町の二本松でこの歌を作って友人に送ったということです。

新見市の皆さんが牧水を愛し、顕彰しておられることはすばらしいことだと思いますが、牧水にこの歌を詠ませた風景や風土がそのまま水脈となって、産土《うぶすな》を愛し、短歌を愛する人々の心に流れているのだと思います。

横田益代さんは、そのうちのお一人ですが、古稀の記念に歌集を編むことを決断されました。それは同じ結社で学ぶ私にとっても大きな喜びです。

『夏草を刈る』は、「あとがき」によりますと、山間の農家の夏が草との戦いであることから名づけた、ということですが、このタイトルは横田さんにぴったりだと思いました。畑で働く人の苦労もかえりみず、夏にぐんぐんと生命力を増す草。その草に真っ向から立ち向かう横田さんは、情熱をもって歌を作り、「歌と観照」哲西支部長として活躍されている姿そのものです。

私たちの結社創立の師岡山巌は、「全現実の全人間的把握」ということを作歌の理念としたのですが、わかりやすく言えば、「広い視野をもって現実を見、自分の渾身の力で詠う」ことなのではないかと思います。私たちはふだん、巌先生の高い理想を頭において歌を詠んでいるわけではありませんが、こうしてまとめられた一冊を読むと、横田さんも五感六感をもって誠実に対象に向き合い、一生懸命に表現をされていることがわかり、師の教えが生きていることを感じます。

横田さんの作品には、生活の実感があり、特に勤めを持ちながらの農作業は大変だったと思われますが、それを越える労働の喜びが感じられます。

稲作に厳しき波の寄するとも夫と籾まく桜散る田に
石段を振り返りつつ子猿行くわが丹精の茄子をくわえて
農業は継がぬと言いつつ連休となれば田植に子らは帰り来
土の上を這いずりまわり補植する山田の寒き風に吹かれて
三割も減反せよとの指示に泣く稲作農家を継ぐ者の無し

道の駅で野菜売るため出品のきまりを習う初体験なり
種袋振ればサクサク音たててマクワ金太郎播かるるを待つ
臨月を迎えしように反り返り畑よりスイカを抱えて帰る
変わりゆく農の暮らしを見つめきし夫の自慢のこの発動機
発動機をかけんと夫の指示通り片膝ついてハンドルまわす
止まらないで止まらないでと発動機に声掛けながら豆を弾かす

二十年以上になる歌歴ですから、生活、環境の変化もあります。一首めには、常に変わらぬ夫との信頼関係、連携が見えます。ここでは「桜散る田」ですが、他の作品にも季節感のある描写、郷土を愛し農業に親しんでいるようすがよく見られます。

二首めにはユーモアもありますが、笑ってはいられない厳しい現実も感じられます。実は横田さんの作品には他にも猪の親子など、生きものがよく登場し、地域の特性と横田さんの関心がわかります。

成長し、学業を終えたお子さんたちも、田植時期には帰省し手伝います。三首め、息子さんが田植機で苗を植え、四首め、田植機の届かない田の隅に作者が手で補植する。現実をありのままに詠みながら、背景に家族の連帯や、親子の労りあい、感謝などが感じられます。

六首め「初体験」には、作者の前向きの姿勢が映し出されています。道の駅で売られているものにはよく、生産者の名前がつけられていますが、「出品のきまり」というのもあるようです。七、八首めには、農に携わる生き生きとした実感があります。

九〜十一首めは、ご主人の病後、教わりながら発動機を使うようすが詠まれており、「片膝ついて」「止まらないで」などに、臨場感があります。

さて、農業についで、横田さんの歌の特徴といえば、やはり家族・親族への思いでしょう。

手触るれば壊れそうなる嬰児に声を掛けつつ産着を着せる
何気なく生き来し日々のありがたく今日より夫の手足とならん
嫁ぎ来て二度目となりし祭りの当屋四十年の歳月ながれ

夫のため子のため老いては居られないエンジン全開夏草を刈る
つたかずら伐りいる夫が梨の木を仰ぎつつ言う「元気になれよ」
そのうちにしっぺ返しが来るかしら夫と二人の気儘な暮らし
孫の誕生告ぐる無口な妹の電話の声が受話器飛び出す

生家の父母、また婚家の父母はじめ、きょうだいたちも折々に登場しますが、夫、子への思いはひとしお。一首めは初めてのお孫さんでしょう、「声を掛けつつ」は、その声が聞こえるようです。一集には、夫の二度の深刻な病気も出てきますが、二首めの健気さは作者そのもの。夫も五首めにあるとおり優しい人であれば、妻も、タイトルともなった「夏草を刈る」のままの、元気いっぱいの「姉さん」(横田さんの地方では奥さんのことをそう呼ぶということで)なのです。姉さんは、祭りの当屋の大役もこなします。

作者自身も退職後病気をされ、大変な時期もあったはずですが、六首めの思いは、現在の充足感から生まれたものでしょう。沢山の苦労の果てに、ご褒美としての幸せな「気儘な暮らし」があるとも言えるのに、運命に対し謙虚なのでしょうか。

横田さんは、無口なほうではないと思うのですが、無口な妹さんがおられるようです。その妹さんが、初孫の誕生にはさすがに大きな声を出された。七首めは、簡潔な表現のなかで登場人物がいきづいています。

巻末近くの「蛇の寝莫蓙」三十首は、世界遺産「石見銀山」を訪れたときのもので、二〇一四年歌と観照社「岡山巌賞次席」を受賞しました。

屍を捨てし谷間の千人壺語りべの口閉ざす雪ぐも
蛇倉も刑場跡も消されいる地図を片手に世界遺産めぐる
行く道に銀を好むという羊歯の「蛇の寝莫蓙」が青く茂れる
説明に耳そばだてる　夫の祖は尼子勢らしと聞けばなおさら
ヘビノネゴザの覆う傾りに闇の世へ風と誘う間歩の入り口
削岩機を扱う夫は坑道の手ノミの痕にそっと触れおり
銀山で賑わいし町世界遺産に再び賑わいまた寂れるか

世界遺産となると、どっと観光客が押し寄せるのでしょうが、指定から七年後、銀山は再び静けさのなかにあるようです。観光地や史跡を訪れて、というと報告歌に陥りがちですが、「ヘビノネゴザ」というぶきみな名の羊歯植物に焦点をあて、銀山跡という地上の広がりに、時間軸をさかのぼる奥行きを重ねて作品を組み立てました。さらに、「夫の祖は尼子勢」、「削岩機を扱う夫」など、単に世界遺産を通り過ぎる人の一人、ではなく、対象としての銀山を自身に引き寄せて詠む手法は、手堅いものです。

歌のために「取材」して、一つの世界を構築しようとする姿勢は、勇気と努力のいることですが、私はこの一連に横田さんの新たな可能性を見出した思いがします。

家庭においても、地域においても、私たちは守り、守られながら生活していますし、歌を作ることもまた、一人ではできません。

一首を作ること、そのことは一人一人の苦しい作業ですが、家族の協力があり、地域や結社の支えや励ましがあってこそ続けて行ける短歌です。

横田さんは今までに岡山県歌人協会や、国民文化祭、毎年の牧水顕彰会、また「備北文芸」等にたびたび入選しておられますが、今後はさらに意欲的に歌の場を広げられていかれることと思います。

この度の『夏草を刈る』が、多くの方の心に届きますよう、そして作者の更なるご活躍を祈って。

（文頭の牧水の歌の表記は、哲西二本松公園の歌碑による）

二〇一四年　草しげる盛夏

あとがき

中国山脈の中ほどに生まれ、同じ町内に嫁ぎ、極めて平凡な生き方をして参りましたが、来春、満年齢の古稀を迎えるに当たり、心のアルバムとして四三八首をほぼ制作順に纏めてみることに致しました。

長く係わってきたはずの短歌も、未だに本質がつかめず、貴重な時間を割いてご高覧いただくには忍びないものがありますが、短歌が好き、ということだけで、二十数年続けることができました農家の一主婦の記録としてお目通し頂ければ幸いです。

嫁ぎ先の両親が共に七十歳代前半で他界して間もなく、末の子が巣立った平成四年に、「短歌なら紙と鉛筆があればできる」という軽い気持ちで、当時「歌と観照」の支部長をされていた佐藤リツ先生を訪ね、早速結社に入社させて頂きました。佐藤先生は六年前に亡くなられましたが、月に一回開かれる、気心の知れた支部の仲間との歌会はとても有意義で、長く続けて来られたのも仲間あってこそと深く感謝しております。

短歌を始めてほぼ十年間は、老舗の和菓子屋に勤めを続けており、退職までを第一章に、退職後を第二章としました。

第一章の、夫婦共働きの時代は燕の子育てそのものでした。三人の子供達が親元を離れて大学に通う為に、夫も私も必死に働き、充分とは言えない仕送りをして来ました。

退職と共に突発性難聴など私の身体の不調が続き、その後すぐに発症した夫の脳梗塞などで、人生が大幅に狂ったかと思えましたが、夫の弛まないリハビリの甲斐あって、右の手足に麻痺が残るものの、営業一筋に働いてきた勤続五十四年の今の会社に勤めを続けさせて頂けるまでになりました。

歌集名の『夏草を刈る』は、山間の農家の夏がまさに草との戦いであることから名付けました。畑の草取りは勿論のこと、限界集落に近いこの町でも耕作放棄地があちらこちらに増え、先祖の土地を守るということはすなわち「夏草を刈る」という事にほかなりません。あと何年できるか分かりませんが、このような状況を詠んだ一首です。

夫のため子のため老いては居られないエンジン全開夏草を刈る

ＴＰＰの行方がどんなになりましょうとも、身体の続く限り夏草を刈り、歌を詠み続けたいと思います。

終りになりましたが、短歌の基礎からご指導下さいました、「歌と観照」の諸先生、そして、短歌を通して知り合った多くの歌友の皆様、折りに触れ、温かい励ましの言葉を頂き感謝に堪えません。

この度の歌集上梓に当たりまして、「歌と観照」の編集人五十嵐順子様にはご多忙のところ、色々と御指導ご助言を頂き、その上丁寧な跋文を賜わりました。有難く厚くお礼を申しあげます。

又、病める身で勤めに励み、この歌集出版の費用を捻出してくれ、常に良き理解者であります夫にこの場を借りまして、感謝の意を伝えたいと思います。
なお、出版に際しましては、青磁社社長の永田淳様をはじめスタッフの皆様に大変お世話になりました。深く感謝致しますと共に、心よりお礼を申し上げます。

横田益代

平成二十六年八月　盂蘭盆近く

歌と観照叢書第二八二篇

歌集　夏草を刈る

初版発行日　二〇一五年一月二十二日
著　者　横田益代
新見市哲西町畑木一一〇五（〒七一九―三八一二）
定　価　二五〇〇円（税込）
発行者　永田　淳
発行所　青磁社
京都市北区上賀茂豊田町四〇―一（〒六〇三―八〇四五）
電話　〇七五―七〇五―二八三八
振替　〇〇九四〇―二―一二四二二四
http://www3.osk.3web.ne.jp/~seijisya/
カバー写真　浅井幹夫
装　幀　上野かおる
印　刷　創栄図書印刷
製　本　新生製本

ISBN978-4-86198-293-4 C0092 ¥2315E